AF404121

LES ENTRETIENS DES DIEUX,

OU LES ETRENNES MILITAIRES POUR L'ANNÉE

M. DCC XLVIII.

A PARIS,

Chez GLEMENT Libraire à l'ancien Hôtel d'Ecoffe, rue des Petits Auguftins.

Avec Approbation.

LES ENTRETIENS DES DIEUX,

OU

LES ETRENNES

Militaires pour l'année 1748.

DIALOGUE.

LA RENOMME'E.

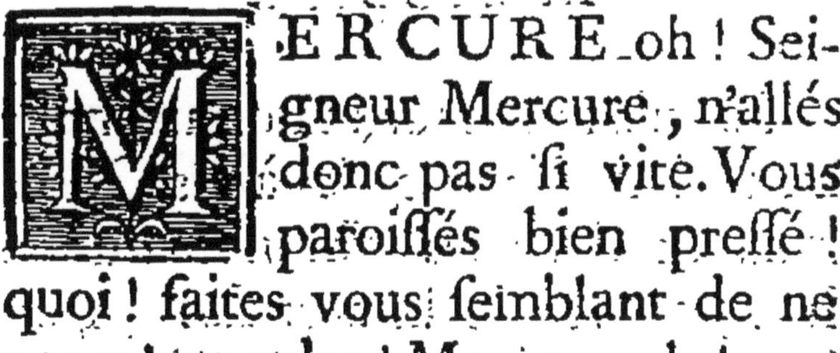

ERCURE oh ! Sei-
gneur Mercure, n'allés
donc pas si vite. Vous
paroissés bien pressé !
quoi ! faites vous semblant de ne
pas m'entendre ! Mercure oh !

A iij

MERCURE.

Qui m'appelle donc dans ces vaſtes déſerts Æriens ? Suis-je connu ici : ah, ah, c'eſt la Renommée! oui c'eſt elle-même, voyons un peu ce qu'elle veut.

LA RENOMME'E.

J'ai eu bien de la peine à me faire entendre ; mais j'ai crié ſi haut qu'enfin j'en ſuis venu à bout : ſalut à l'illuſtre meſſager des Dieux, où court-il donc avec tant d'empreſſement ?

MERCURE.

Je vais ſouhaiter la bonne année au Roi de France & à ſes Généraux & dans les Etrennes que je leur apporte de la part des Dieux leur donner un gage certain que celle-ci fera pour le moins auffi glorieufe pour eux que la derniere.

LA RENOMME'E.

Je ferois bien curieufe de voir des Etrennes d'un fi bon goût ! mon cher Mercure ne me refufe pas ce plaifir.

MERCURE.

Je le veux bien, mais de ton côté fatisfais auffi ma curiofité, dis moi dabord où tu vas :

LA RENOMME'E.

Je vais voir s'il ne fe paffe rien de nouveau dans le Ciel : voici le tems à peu près ou Jupiter me donne matiere à difcourir & à voyager, je vais le trouver & je profite du court, efpace de tems que le Monarqne des François me donne , car lui feul fuffit pour m'occuper : à peine ai-je publié quelqu'un de fes fameux Exploits que j'en trouve à mon retour d'auf-fi glorieux que les premiers : je n'ai jamais fini avec lui , c'eft toujours à recommencer :

MERCURE.

Ah ! fi tu fçavois ce qui vient de fe paffer au Ciel à fon occafion; ce feroit bien autre chofe : toutes les Odes , les Epitres , les Sonnets & les Poëmes mêmes de nos plus fameux Poëtes ne font rien en comparaifon de l'entretien qui vient de fe tenir fur fon compte dans le féjour des Dieux.

LA RENOMME'E.

Dans le féjour des Dieux , ah ! Mercure que me dis-tu là ? je ne te quitterai point que tu ne m'en ayes fait le détail : il doit être d'autant plus flateur pour ce grand Roi que les éloges de ces hautes puiffances celeftes font tous differents de ceux des hommes, les Dieux font fans partialité : ainfi mon cher Mercure, comme tu fçais, la part que je prends aux interêts de ce grand Roi ; il faut que tu me raconte tout ce que mon abfence m'a fait ignorer : arrêtons-nous fur le fommet de cette montagne ; l'endroit me paroît tout propre à notre deffein : mais commence par me raconter ce qui a donné occafion à cet entretien, & quel en a été le réfultat.

MERCURE.

Allons, j'y confens : ta priere eft trop jufte pour n'être pas exau-

cée. Il faut dabord que tu saches
que Jupiter en mémoire de la victoire qu'il remporta sur les Titans
donna à tous les Dieux un magni-
fique repas où se trouverent le Génie de la France & celui de la Hollande: comme les differentes Divinités qui composoient cette illustre assemblée, parloient entr'elles
de cette fameuse journée si glo-
rieuse pour le pere des Dieux ; le
discour tomba enfin sur la guerre
qui agitoit maintenant une partie
de l'Europe, & le Génie Hollandois prit de-là occasion pour implo-
rer le secours de Jupiter en faveur
des peuples aux Etats desquels il
présiste.

LA RENOMME'E.

Dis moi, je te prie, le discour
qu'il lui tint pour l'engager à ré-

pondre à ſes demandes : je ſerois
curieuſe de le ſçavoir.

MERCURE.

Il faut te ſatisfaire : je vais te le
dire mot pour mot tel qu'il le prononça, il étoit en vers François
parce qu'il ſçavoit que c'étoit la
langue favorite des Dieux. Ecoute
bien, le voici.

Unique Souverain des Hommes
& des Dieux,
Vous, le maître abſolu des Princes de la Terre,
Souffrirez-vous encor que les maux de
la guerre
Arrachent plus longtems des lar-
mes à nos yeux.

Ce peuple que vous même avez mis
ſous ma garde
Eprouve tous les jours les plus triſtes
revers,

Un Monarque puiſſant & que rien ne
   retarde ,
Semble par ſes exploits lui préparer des
   fers.

   Daignez contre ce Roi prendre en
   main ſa défenſe ,
Arrêtés ſes progrès ou déſarmés ſon
   bras ,
A ce Héros fameux on ne réſiſte pas ,
Il faut pour l'arrêter toute votre puiſ-
   ſance.

   Faites la donc paroître.. & que dès
   aujourd'hui
Aux vœux que je vous fais vous mon-
   trant favorable ,
Ce peuple délivré du malheur qui l'ac-
   cable
Reſſente les effets de votre juſte appui.

LA RENOMME'E.

La demande eſt vive & preſſante : mais malgré l'ardeur avec laquelle ce Dieu implore le fecour de Jupiter contre le Roi de France ; on voit cependant qu'il rend à ce Monarque la juftice qu'il mérite, & qu'il reconnoît ouvertement fes glorieufes qualités & la grandeur de fa puiffance.

MERCURE,

Il eft vrai, auffi les Dieux furent charmés de fon équité ; & Jupiter lui-même, parut faché que ce Génie fut obligé de s'intereffer pour un peuple qui foutenoit une fi mauvaife caufe.

LA RENOMMÉE,

Le Pere des Dieux ne répondit donc pas à fes defirs ?

MERCURE.

Point du tout, juges-en par la réponse qu'il lui fit, on y trouve aussi bien que dans celle de tous les autres Dieux au Génie de leur hautes-puissances un éloge accompli du Roi de France & de ses Généraux.

LA RENOMME'E.

Ah ! voilà sans doute les Etrennes que tu vas leur offrir. Tu ne sçaurois en effet leur en présenter qui montrent avec plus d'éclat combien ils méritent l'admiration des hommes puisqu'ils font celle des Dieux même : mais hâte toi de me dire la réponse de Jupiter au Génie des Etats Généraux.

MERCURE.

MERCURE.

Ecoute-là bien , c'eſt ainſi qu'elle commence.

Je ne puis ſecourir contre un Roi ma-
gnanime ,
Un peuple dont l'orgueil irrite la bonté ;
Vous qui veillés ſur ce peuple attriſté ,
Sachez qu'il ſera la victime
De ſon opiniatreté :
Le Roi qui le punit eſt un Roi redouta-
ble ,
On n'arme pas en vain ſon bras *
Le moins que ſouffre le coupable
C'eſt la perte de ſes Etats.

Ce peuple pour lequel votre amour
s'intereſſe
L'éprouve tous les jours par ſon entê-
tement ,
Je ne vois qu'un prompt change-
ment

B

Qui puiſſe le ſouſtraire à ſa main vange-
    reſſe ,

Il en eſt encor tems , finiſſés vos mal-
    heurs ,

    Louis n'eſt pas de ces vainqeurs ,

    Vains des ſuccès de leur courage

Ce Monarque eſt des Dieux la plus par-
    faite image ,

    Ne tardez donc pas davantage ,

    A le toucher , à le fléchir ,

    C'eſt le conſeil que vous donne

    Jupiter lui-même en perſonne ,

    N'attendez rien de plus de lui

    Il ne donne point d'appui

    Aux ennemis d'une couronne ,

    Qui ſoutient ſa gloire & ſon ,
    trône

Et qu'il veut devant vous honorer au-
    jourd'hui.

LA RENOMME'E.

La réponſe de Jupiter ne répond

pas à l'attente de l'Ambaffadeur Hollandois : comment l'a reçu Ce Génie des Etats Généraux ?

MERCURE.

Avec l'étonnement d'une per-fonne qui voit fes dernieres efpé-rances fruftrées, & ne trouve plus de refource contre la puiffance d'un Roi victorieux.

LA RENOMME'E

Mais dis-moi, le Génie Fran-çois ne fe péévalut-il pas contre fon confrere le Génie de Hollande de l'affection que lui témoignerent les Dieux ?

MERCURE.

Nullement à l'exemple de Jupiter eſt rempli de l'eſprit du Monarque aux États duquel il préſide, il s'efforça de l'engager a mettre fin aux malheurs qui cauſoient tant de triſteſſe à ſa République & à la faire revenir de l'obſtination où elle eſt à ſoutenir les ennemis du Roi de France : Voici le langage qu'il lui tint en préſence de toutes les Divinités , & qu'il lui adreſſa avec cette noble hardieſſe qu'inſpire une bonne cauſe.

Batave ouvre les yeux enfin à la
    lumiere ,
  Quel doux eſpoir tient tes ſens
    éblouis
  Mets à tes maux une barriere ,
  Quitte les ennemis oppoſés à
    Louis·
Quel eſt donc le grand fruit que tu pa-
    rois attendre
    De leur étroite union ,
   Ils ne ſçauroient te défendre
   De ſa juſte indignation ,

Ouvres les yeux, & que tes pertes
Faifant naître le répentir
Te faffent éviter tant de hontes fouf-
fertes
Et l'abyme des maux tout prêt à t'en
gloutir.

LA RE NOMME'E.

On ne fçauroit parler avec plus de fageffe & de modération , & pour peu que le Génie Hollandois ait à cœur les interêts de fa Ré-publique il devroit la porter à pro-fiter d'un Confeil qui ne peut tour ner qu'à fon avantage.

MERCURE.

Il parut du moins que c'étoit fon deffein , & les Dieux auffi-tôt pour l'y déterminer s'entretinrent fur un fujet tout propre à en avancer l'e-xécution.

LA RENOMME'E.

Je t'entends : c'eft-à-dire, que toutes les Divinités fe difputerent à l'envi à qui rendroit plus de juftice au Monarque des François, & à qui réuffiroit le mieux à faire fon éloge : le champ eft vafte & il eft difficile de pouvoir tout dire.

MERCURE.

Ce que je vais te raconter fuffi-ra pour te faire connoître l'idée avantageufe que les Dieux ont de ce grand Roi & l'eftime qu'ils ont pour lui ; voici ce que Jupiter & les autres Divinités dirent à fa louange.

JUPITER.

Louis eft fans égal, c'eft un foudre de guerre,

A lui feul appartient la palme & le lau-
   rier ,
Lui feul mérite enfin le titre de guerrier
Puifque tout cede aux coups de fon af-
   freux tonnere.
   Quelque foit l'adverfaire , il le bat, il
     l'attere
Pour lui feul l'art de vaincre eft un art
   familier ,
Il forceroit Mars même à quitter le
   bouclier
Quand il feroit trembler & le ciel & la
   Terre.

   Jamais on n'a trouvé qu'un Louis de
     Bourbon ,
Qui toujours ait bravé la barque de
   Caron ,
Lui feul porte par tout la peur & les
   Allarmes.

LA RENOMMÉE.

Jupiter en effet a parfaitement

bien réuffi à faire l'éloge du Roi de France, & quoique dans le fond il n'ait dit que tout ce que le monde a vû : c'eft pour cet augufteMonarque le comble de la gloire de voir les hommes& les dieux réunis pour publier de concert fesexploits.

MERCURE.

Je t'avoue que je n'ai jamais connû de Roi qui ait plus fait parler de lui que ce Monarque auffi n'en ai-je pas vû qui ait donné plus glorieufe & plus ample matiere à difcourir : mais à propos, écoute , que je te raconte ce que les autres Dieux à l'exemple de Jupiter dirent à l'honneur de l'incomparable Roi de France.

LA RENOMME'E.

Tu me feras plaifir : ce que je

viens d'entendre me plait si fort
que je desire avec impatience de
sçavoir le reste de cet Entretien :
hate - toi mon cher Mercure de me
le raconter.

MERCURE.

Quand Jupiter eut fini son discour les autres Dieux aussi em-
pressés que lui à témoigner l'estime qu'ils avoient pour le Roi de
France, prirent la parole chacun à
leur tour, & dirent ce que l'amour
& la verité leur suggererent en faveur de ce Monarque : voici comment ils s'exprimerent.

SATURNE.

Louis fait consister sa gloire
A retenir sa foudre & suspendre
ses traits ,

Il ne cherche la Victoire
Que comme un chemin à la
paix.

APPOLLON.

Son nom sera transmis au Temple de
mémoire,
Il n'est rien de si grandque cer Auguste
Roi ,
Sa maniere de vaincre & de donner la
loi
Jusques chez les vaincus fait aimer sa
victoire.

MARS.

Par les épreuves du passé
Ses ennemis peuvent comprendre,
Ce qu'ils doivent tous attendre
D'un Roi tel que Louis qui se trouve
offensé.

JANUS.

Il a cent fois remporté la victoire,
Sur ses ennemis les plus fiers
Après avoir cueilli si souvent des lau-
riers,
Il peut passer ses jours dans le sein de
la gloire.

LA RENOMME'E.

Toutes ces Divinités ne pouvoient parler d'une maniere plus
avantageuse pour le Monarque de
la France, & leur éloges font d'autant plus glorieux pour lui qu'ils
font moins suspects de flatterie : les
Dieux disent toujours les choses
comme elles font, & la verité feu-
le est l'unique ornement qu'ils donnent à leurs discours : je t'avoue-
rai, cependant une chose qui

me surprend c'est que ces mêmes Dieux ne disent rien du fils de cet Auguste Roi.

MERCURE.

Ne pense pas qu'il l'ayent oublié : leur empressement à témoigner l'amour qu'ils ont pour le fils, n'a point été moins grand que le zele qu'ils ont fait éclater pour les interêts & la gloire du pere ; ces deux Augustes personnes ne sont pas plus sépareés dans l'esprit des Dieux que dans le cœur de leurs sujets : écoute l'éloge que fit Bellonne de cet unique espoir de la France ; elle le prononça ave une ardeur qui charma tous les Dieux & qui montroit le plaisir que l'on goute à parler de ce que l'on aime; voici comment elle s'exprima.

FONTENOI.

FONTENOI.

Rappellez-vous| ce jour fi glorieux,
à la France
Où ce jeune Héros plein d'une noble
ardeur,
Sous les yeux de Louis vouloit à toute
outrance
Combattre un ennemi digne de fa va-
leur.
Vrai fang de ce grand Roi par tout il
fuit fa trace ,
Et fans jamais s'en éloigner.
Avide des vertus qui diftinguent fa race,
Sous l'exemple d'un pere ardent à l'en-
feigner
Il apprend l'art de vaincre & celui de
regner :
Il eft d'un peuple heureux l'efpoir &
les délices ,
De jeunes demi Dieux vont être les
prémices
De leur felicité ,

C

Une Princeſſe ſans ſeconde ,
Va donner des arthes au monde
D'une heureuſe tranquilité,

LA RENOMM'EE.

Bellone n'a pas moins bien réuſ-
ſi à peindre le fils que les Dieux à
faire le portrait de ſonauguſte pere,
& ce qui doit mettre le comble à la
joye des ſujets de ce Grand Roi;
c'eſt la promeſſe que leur fait la
Déeſſe de la guerre devoir dans la
naiſſance de pluſieurs Princes, leurs
déſirs accomplis: les Dieux ne pro-
mettent rien qu'ils ne tiennent ,
ainſi tu verras bien-tôt les François
jouir du bonheur qu'ils atendent
avec tant d'impatience , mais tu
ſçais bien mon cher Mercure que
tu m'as promis qu'après m'avoir
dit les differents éloges que les
Dieux du Roi de France firent & de
ſon Auguſte fils, tu m'inſtruirois

aussi de l'estime qu'ils témoignerent pour les Généraux qui sont
à la tête des troupes Françoises,
tiens moi donc ta parole.

MERCURE.

J'allois te satisfaire : car les Dieux
firent l'éloge de ces fameux guerriers , après avoir fait celui
de leur Roi , voici ce que la gloire
dit de l'incomparable Maurice.

Jamais à ce Héros rien ne fut impof-
    ble ,
Par cent faits éclatans il s'est rendu fa-
    meux ,
Il a toujour fait voir un courage invin-
    cible
Quand la gloire aux combats s'est of-
    ferté à ses yeux.

Ces trois victoires sont les garants de sa
    gloire ,

Toutes trois à jamais le rendrent
immortel,
Et si l'on reveroit des Héros la mémoire
Ses exploits lui feroient ériger un Autel.

LA RENOMME'E.

L'éloge est court, mais il ren-
ferme tout ce qu'on peut dire à
l'honneur d'un Général dont l'Europe entiere admire & loue les exploits, & je suis persuadée qu'on
ne réussit pas moins bien dans cette
assemblée à faire celui du compa-
non de sa gloire de ce fameux Pre-
neur de Villes, tu sçais bien qui
je veu x dire.

MERCURE.

Oui oui, je sçais de qui tu veux
parler : c'est le fameux Lowendal
écoute ce que Diane dit à sa gloire
tu verras par là que les Déesses
qui se trouverent à cette illustre

assemblée sçavent auffi-bien rendre juftice au mérite que les Dieux eux - mêmes : voici le difcour qu'elle tint

Louis veut-il montrer la force de fon bras ,
Punir fes ennemis jufques dans fes états,
Il dit & Lovvendal ce foudre de la guerre ,
Vole au pied de leur murs
Et par les coups de fon tonnére
Rompt leurs aziles les plus furs
A-t-il une fois dans fa tête
Fait le projet d'une conquête
Il eft fur de l'executer
On ne fçauroit lui réfifter
Il vient toujours about
Des deffeins qu'il médite ,
Témoins Nieuport , Oftende & Ber-
gop-zoom ,

Par elles à jamais on verra son grand
    nom,
A la posterité confacrer son mérite.

LA RENOMME'E.

On ne fçauroit faire un portrait
plus naturel & plus racourci tout à
la fois du mérite de ce grand Général que celui de cette Déeffe, il
femble avoir été fait pour être mis
avec celui du fameux Maurice par
la reffemblance qu'ils ont l'un avec
l'autre.

MERCURE.

Tu as raifon, mais je veux encore en expofer un autre à tes yeux
fur le même fujet, dont l'idée te
paroîtra affez heureufement trouvée, il eft de Pluton, le voici.

Si du tems que les Grecs tâchoient
    de prendre Troye,

Qui vit devant ſes murs Chefs d'un
   ſi grand renom,
Lovvendal eut été proche d'A-
   gamemnon,
Ah ! qu'elle eut bien plutôt été réduite
   en proye.

   Chacun à ſon honneur eut fait un feu
      de joye :
Achile & même AJax ni foudre ni ca-
      non,
N'euſſent preſque rien fait au prix de
   ſon grand nom.

LA RENOMME'E.

En effet l'idé de ce portrait eſt
heureuſement trouvée, & ſi la com-
paraiſon que fait le Dieu des en-
fers, du fameux Lovendal avec
le grand Agamemnon paroit
foible, c'eſt que ce premier prend

des Villes encore plus fortes que Troye en bien moins de tems que ce Général Grec.

MERCURE.

Voilà précisément l'adreſſe dont Pluton s'eſt ſervi pour le louer plus finement : ſi ſon Auguſte épouſe la Déeſſe Proſerpine ne réuſſit pas ſi bien dans le tour qu'elle donna à l'éloge qu'elle fit de tous les Guerriers qui ſe ſont le plus diſtingués durant la derniere campagne des troupes Françoiſes , elle l'égala dumoins par le plaiſir qu'elle parut avoir à le faire : écoute ce qu'elle dit à leur honneur.

Quel ſpectacle plus beau que
de voir à la tête
De mille bataillons armés ,
Des Guerriers , de l'honneur uniquement
ment charmés ,

Courir pour le trouver au fort de la
tempête,
Je les ai vû cent fois ces généreux Hé-
ros,
Au plus beau de leur âge abhorrant le
repos,
Montrer à leurs soldats le chemin de
la gloire,
Et sous leurs étendars attacher la vic-
toire.
Envain une fiere Ville,
Ose tenir contre leur Roi,
Sa résistance est inutile :
Ils la soumettront à sa loy,
L'air retentit déja des éclats de sa fou
dre.
Il font par tout un horrible fracas,
Tous ses murs sont réduits en poudre,
On voit de toute parts les horreurs du
trépas,
Mille Héros au milieu de l'orage,

Au travers du plomb & du fer
Sous les yeux de Louis marchent pour
    triompher ,
Et font marcher par tour les horreurs
    du carnage ,
En vain les effroyables faux ,
Envain les piques hérisées
Tâchent de repousser leurs vigoureux
    assauts ,
Des ennemis les troupes renver_
    sées ,
Toutes leurs barrieres forcées,
Par une Noble fermeté
Conduisent ces guerriers à l'immorta-
    lité ,
Que si malgré les coups de leur main
    redoutable' ,
Dans le feu du combat quelques uns de
    ces Mars
Flechissent fous la main de la Parque
    indomptable ,

Leur fort est envié des manes de Céfar,

Bel-ifle, Lopriac , Baviere & d'Au-
beterre;,

Et Erienne& Beaumont ces foudres de
la guerre ,

Avec Bouflers , Froulai ces foutiens
des Etats,

Vivront dans nos efprits même après le
trépas.

LA RENOMME'E.

Le difcour de Proferpine pour
être moins recherché n'en eft ni
moins vrai ni moins flateur pour
les guerriers qu'elle dépeint que
celui de Pluton, & je fuis perfua-
dée que les Dieux & les Déefles
qui l'entendirent y applaudirent.

MERCURE.

Il eft vrai, tous les Dieux l'é-

couterent avec plaifir , & firent
même connoître qu'ils étoient per-
fyadés depuis longtems de ce qu'elle venoit de dire , & qu'ils avoient
déja rendu interieurement à ces
Héros la juftice qu'elle venoit de
leur rendre publiquement , il n'y
eut qu'Appollon à qui la fin du
difcour de Proferpine caufa de la
triftefle.

LA RENOMME'E.

Sçais-tu quel en étoit le fujet ?

MERCURE.

Je l'ignorois d'abord , mais je
compris dans la fuite par les regrets qu'il témoigna qu'elle étoit
la caufe de fa douleur, je vais te
l'apprendre en te rapportant la maniere dont il l'exprima : écoute-là
bien.

Toi

36

Toi dont l'efprit héreditaire,
La fublime vertu, le zele pour ton Roi
Fenelon, me rendoit ta mémoire fi
chere,
Te voilà donc réduit à la commune loi !
Victime de ton courage,
La mort au milieu de ton âge
Vient de te ravir à mon cœur,
Viens dans mon temple avec
ceux de ta race.
Je t'y referve une place,
Qui te rendra pareil au plus fameux
vainqueur.
Ne tremblés plus pour cet autre toi-
même,
L'héritier de ton nom comme de ta va-
valeur.

Il eft forti de ce péril extrême
Où l'avoit mis de Mars l'implacable
fureur,
Il va bien-tôt combler ton efperance,

De son illustre hymen vont naître des
Héros
Dont la valeur honorera la France,
Et se consolera dans le Sein du repos.

LA RENOMME'E.

Les regrets d'Apollon témoignent
l'estime qu'il faisoit de ce grand
homme: son nom & sa réputation ne
m'étoient pas inconnûs; il m'est même venu bien souvent de l'occupa-
tion de cette illustre Maison ; mais
dis moi comment se termina l'entretien des Dieux, & comment cet
illustre Assemblée se sépara.

MERCURE.

Quand Appollon eut fini de
parler, Jupiter prenant la parole
& s'adressant au Génie Hollandois
comme à celui qui représentoit

le Chef de cette République & de
ſes Alliés lui parla en ces termes
qui montroient que ni l'expérien-
ce, ni la bravoure des Généraux Ennemis ne pouvoient rien contre le
Roi de France, & que le ſeul parti
qui leur reſtoit, c'étoit d'accepter
la Paix aux conditio: s que ſa clé-
mence lui ſuggereroit, voici comment il lui parla.

Louis vous fait par tout reſſentir ſon
    Tonnere
Par tout ou ſa valeur va dirigeant ſes
    pas,
Chacun le prend pour le Dieu de la
    Guerre;
Et craint de reſſentir la force de ſon
    bras,
Qu'il combatte, il eſt ſûr de gagner des
    Batailles
    On redoute partout ſes coups,
Hollandois, Autrichiens & vous tou-

jours jaloux ,
Anglois , vos Camps par lui remplis de
funerailles
Vous difent chaque jour de calmer fon
courroux.

LA RENOMMEE.

Le Confeil ne peut que leur
être avantageux s'ils en profitent
mais je crains fort qu'ils ne s'obf-
tinent dans les fentiments ou ils
font & qu'ils ne demeurent dans
leur aveuglement fur leurs propres
interêts.

MERCURE.

Ils n'en feront que moins à plain-
dre dans les malheurs dont ils font
menacés , car le Dieu Mars leur
rappellant le fouvenir de la prife
de cette fameufe Ville qu'ils re-
gardoient comme une barriere

qu'on ne pouvoit forcer, leur fit
fentir en ces termes, qu'ils ne de-
voient pas efperer de voir chan-
ger de face à leurs affaires.

Vos Remparts les plus forts, cette Ville
    imprenable,
De deux grands Généraux jadis hon-
    teux écueil,
    Vient par un fort inévitable,
D'ouvrir à vos Guerriers un funefte cer-
    cueil :
Que d'aucun Conquérant la force re-
    doutable,
N'ait foumis les remparts que nous vo-
    yons détruits,
Eft-ce fi furprenant ! ce fait incompa-
    rable ;
Ne pouvoit convenir qu'au pouvoir de
    Louis.

LA RENOMME'E.

Je ne doute plus maintenant qu'ils n'ouvrent les yeux à la lumiere, & les Dieux ne pouvoient mieux finir leur entretient que par le conseil qu'ils donnent aux ennemis de la France de rentrer en eux-méme.

MERCURE.

Le discour ne se termina pas là il faut encore que je te raconte ce que dit Bellone de ce Duc si fameux par son esprit & son habileté dans le métier de la Guerre, du Duc de Richelieu dont tu as si souvent entendû parler : elle predit la gloire dont vont le couvrir les succès qui l'attendent : voici comment elle parla.

Ne craignés rien pour le succès,

Il suffit pour son Roi qu'on connoiſſe son

zéle ,

Il montrera par les effets

Qu'il ſçait ou la gloire l'appelle

Et que pour entreprendre , & même

tout oſer ,

Il lui suffit que c'eſt Louis qu'il ſert.

LA RENOMME'E.

Bellone à raiſon : les eſpérances que l'on fonde ſur ce grand Guerrier ſont appuyées ſur de ſi rares qualités qu'on à ſujet de tout attendre de lui.

MERCURE.

Tous les Dieux & Déeſſes furent du même avis & convinrent unanimement qu'on ne ſçauroit donner au Roi de France , & aux differens guerriers qui compoſent ſes Armées toutes les louanges qu'ils méritent : alors le Génie qui préſide aux Etats de ce Monarque s'addreſſant aux Dieux leur fit cette demande à laquelle ils defererent tous : & c'eſt par-là que finit l'entretien : la demande étoit conçûe en ces termes.

> Dieux protecteur de ce Monarque
> Veillés au bonheur de ſes jours,
> Et que jamais l'inéxorable Parque,
> N'en vienne interrompre le cours,
> Daignés d'un Peuple qui l'aime,
> Exaucer les juſtes vœux ;
> C'eſt l'interêt du Ciel même,
> Faites qu'il ſoit toujours heureux,
> Que le bonheur le ſuive en la Paix,
> dans la Guerre,
> Qu'à tous ſes Ennemis il impoſe des
> Loix,
> Parmi les Princes de la terre,
> Il eſt le modéle des Rois.

LA RENOMME'E.

Mon cher Mercure tu ne pouvoit me faire un plus grnad plaifir que de me raconter cet agréable entretien : les éloges qu'ils renferment font les plus belles Etrennes que jaye encore vû : ne differes pas d'avantage à les diftribuer : je n'oublierai jamais le plaifir que tu viens de me faire. Adieu mon cher Mercure, adieu, jufqu'au revoir.

MERCURE.

Adieu l'illuftre Meffagere, je te fouhaite bon Voyage.

FIN.

APPROBATION.

Lu & approuvé par moi Cen-
feur pour la Police ce 13 Dé-
cembre 1747.

Vû l'Approbation permis d'im-
primer & diftribuer . à Paris , 1747.

BERRYER

*Regiftré fur le Livre de la Commu-
nauté des Libraires & Imprimeurs
de Paris, Nº. 3217. conformement
aux Réglements& notamment à l'Ar-
rêt du Confeil du 10 Juillet 1745.
A Paris ce 24 Decembre 1747.
Signé G. CAVELIER,
Syndic.*

De l'Imprimerie JEAN-FRANÇOIS
ROBUSTEL.

www.ingramcontent.com/pod-product-compliance
Ingram Content Group UK Ltd.
Pitfield, Milton Keynes, MK11 3LW, UK
UKHW022342120726
13694UKWH00004B/1635